エモーショナルきりん大全

上篠 翔

新鋭短歌

エモーショナルきりん大全

エモきりん大全　そらみつこの国にいつかはあった平積みされて

人類がはじめてうまれたあたりですきりんが葉っぱふくんでいます

大空のきりんが水をのんでいるわけじゃないんだ木洩れ日なんだ

きりんきりん首吊りしても長いので生き延びのびてさらにのびるきりん

ほとほとと時間が漏れて流れてはとりもどせるなら光も殴る

燃えるきりん、サルバドールは知っていた。きりんは昏く悠久の波

どれほどの時間を見つめた闇ですか潤む時間を目に描いてやる
めちゃ襤褸い光をかなしくさせるのだ長いまつげを通ってくるたび
落葉松の記憶を宿しららぱちとららぱちと燃えてきりんの首は

針葉樹林のきりんに気づかずにぼくたちキスをかわしてしまう

ゆくゆくはきみもこどもをうめただろうべいべべべいべー炎を飲むかい？

えをとめを空へ挿入されているきりんの角はのっそり動く

ばけもののほうではなくてサバンナにいるほう　ってあれもばけもの

斑点を剝がせば首の長い馬　剝がせないからきりんはきりん

ぼくの種子ぼくの火ぼくの全体図作ったかみさま　ファッキュー　ファッキュー

きっとそう鬼子水の子麒麟の子ぼくたちだけのおいしいスムージー

詩は歌はららららぼくらは宇宙の子　閉じてしまったままの地球史

能あるきりんは首を隠す　んなわけねーだろ剝きだして生きていくんだ光の荒野

射ゆ獣の死んだきりんを見にゆくよよよよって泣くひとはじめてみたな

やわらかいお墓のそばのはなびらは火を洗うため　祈りとは誤謬

エモーショナルきりん大全＊もくじ

I

次々試練にあって心も打ち砕かれてしまった人に、唯一神話だけが、豊かな生を送り返す。

——ジョルジュ・バタイユ『魔法使いの弟子』

だからつまり、彼女は自分自身の死刑判決書に署名してしまったのだ。

——セーレン・キルケゴール『反復』

- 花曜日編 -

失いたくないよ新宿東口光のしじまはきみの領土だ

いちばんセックスした人になろう膨らもう飛んでいけないふうせんわれる

カルキ匂うきみのくちびるなめながら雪になれない雨音をきく

香水もピアスもあげられないけれどきみだけの詩であるつもりです

花曜日　全国民はいっせいに花を抱いて午睡をすごす

うまをみた、急いたあなたの誤字にいる獣の青さを信じています

ルネスタを十錠飲んで走り出す安産祈願のさくらのしたを

横顔が好きだと言ってくれたのですべての面が横顔になる

痛みなら生糸の卵さらさらと割らないように忘れないように

吉田っていえばトリプルファイヤーと伝わる人にもっていく白湯

また会えると抱きしめたときあなたにはすでに霞がみたされていた

失調になりたいあなたと多摩川のなぎ倒された朝の木を見た

－夏の魔物編－

二〇一七年九月一〇日東扇島東公園

クーリッシュしか売ってないコンビニの日陰のひかりに感電してた

トラックのごみの集まる街路樹は死角　三角　よわいキスする

筋肉少女帯「サイコキラーズ・ラブ」
白色のピックの告げるはじまりはあなたの細いくびすじになる

スチャダラパー「サマージャム'95」
ゆうやみは芒みんなはゆれているひとつの歌にひとつの歌詞に

激しめのモッシュにはじかれアイドルは船出の炎《セントエルモ》さわれなくてすき

BiS「nerve」

大森靖子「呪いは水色」

かみさまじゃないならぼくらはえいえんの受動態　新宿は好きだな

やまいだれに木　それでギター死んだ木はたくさん生かしたたくさん殺した

のうみそがからっぽだから鳴るんだよ捨て曲なしの天の川銀河

首筋に花のタトゥーのある人の本来なるはずだった花影

イヤホンをひとつなくして夜の駅が賛美歌まみれとしってしまった

-水没都市編-

鉄の火の降る小説の読点は小雨としては失格である

見切られた豆腐をサイコロにしながら重なっていく廃棄図書館

熟れすぎの光桃にはゆびさきでふれて傷にもならない窪み

ドラレコのように映しておいてくれ二十七歳のなにごとのなさ

鳳仙花、種を飛ばすの見たことない愛は匿名では届かない

傘は避妊具いつもみんなはカラフルに地球複製阻害している

駆け引きの上手な海を見ならえばラブホから出てくる人の距離感

水没都市　うたかたの息がしゅくさいと、しゅくさいと凪を割っていきます

失ったものより多くのものを得て皮下の翡翠にごりえを発つ

きみは海、見飽きてるかもしれないね　地球の初潮に春雷匂う

-ＯＤＱ編-

どうでもいい人に抱かれてただ愛といってしまえた傷は花束

ぼくたちは百回セックスできたかなあーあああーあ焼けろかみなり

三十になれば言わない死にたいや消えたい　嘘です昼のさみどり

朝焼けの根元にビルが突き刺さるそういう戦い方選んだんだろう

ぼくはただ疲れているよ空っぽのキャリーケースにばぁむを乗せて

ミラクルな魔法少女になる杖は新百合ヶ丘のＫＡＬＤＩにある

感情が花だとしたら（感情は花ではないが）いろはすをやる

ずいぶんと長いあとがき読み終えて登戸にまだ留まっている

夏の窓が切り取り流し消していく手垢まみれの景色にすがる

メモ帳に全員死ねって書いている絆創膏の散らばる車両で

好きだって言われたから好きシロナガスクジラの欠伸みたいに言うなよ

きらきらの骨法あなたにかけるからこの夜くらいロック嫌って

風祭　降りることない駅にある撮られない映画のワンシーン

突風に布団ふっとんで停止する自殺を誘う春の電車は

寝ていても新宿まではたどり着くそこから先は歩けば動く

-センチメンタル／サンタマリア編-

Ｆコード押さえられないあなたから逃げてくぼくを忘れられない

きみのいなくなることだってとめられない風にふれれば鼻骨のかゆさ

夏らしさは貝殻にかえ灰皿にして六帖を臭くしている
まっすぐに伸びない指のばいばいをいまもあなたはしているかもね

カービィの一番くじの景品をメルカリで買う↑Ctrl＋V

祈りとか呪いをぼくがいうときの嘘、嘘、嘘、と匂う藤棚

二〇一九年一月七日　夢眠ねむ脱退　九月三〇日　あの脱退

あのちゃんもねむきゅんもいない過去になる時間の端でアネモネを摘む

死因なら恋の病と思いますこの夏至からは遠ざかる馬

それきりでひしゃげてしまった感情を恋といったりして蛇苺

言葉から逃げられなくて夕立のにわたずみ踏むぐちゃぐちゃに踏む

こうやってすれちがう先のGoogleの検索履歴に白色の砂漠

責任を押しつけられてやわらかに自壊していく夏の蚊柱

いろいろが手遅れののちやってくる秋雨前線　花、恋、零れて

よく吠える犬でした　鎧戸の街、好きな形の風吹きました

遠景のディズニー　隣にねむるきみ起こさず卑怯な景色にしたよ

しあわせにしたげるなんていいながらてろてろのスーツ虫喰い穴と

引力のない惑星でぼくたちは林檎の種と浮かびつづける

確かに鍵、かえしたからさ、吉野家はもう飽きたよな　花虻飛んだ

部首になりあなたを海やけだものやからだの一部にしてみたかった

命名権をあげるよぼくの帝国のあなただけのいない帝国の

-八月三十二日編-

コンビニの廃棄ぱんぱんにつめこんで好きな人なら今日もいません

一緒に死ねなくてごめんねぼくだから花腐すだけが特技の雨だ

ここからの逃げだしかたを忘れたら屋上からみどりごのような朱欒
ぼくをみるぼくをみているぼくの目にやがて燃えたつ櫓の映る

成れの果ての野天門を捨てながら疲れちゃってもいいんじゃないかな

この人生、成功だった　おちやすくずらしてもらうでかいシナモン

うごけなくなる薬を飲んでふたりして真夏は幽霊船の錨だ

傷つけるために仲良くなっていく幽霊蜘蛛の脚でも歩ける

SHIBUYA CLUB QUATTRO

邪魔すぎるライブハウスの柱なら隠れるのにはとてもいいよな

なんもないとこから猫がやってきてなんもいえないところへいった

II

ハロー、アンダー・ピッパラ

酸性の雨もはじけるやわらかき疒を片手にして歩く

触れた、ではなく触った、はずに振り返ればイヤホン抜けて工事音

白色の鳥の気配に二度見する二度見直してそして忘れる

スフレパンケーキのくずれおちそうな振動ひろいテーブル　あ、孤独

誰からも愛されている空間にぼくのかたちの穴があいてる

木星と地球の距離の妄想をトイレットペーパーが見ている

ココア入りミルクが世界で一番やさしくて、やさしくて、やさしくて、尿

低反発枕は憎い　中指で作ったくぼみに鼻をあてがう

通り魔に殺されたくてピッパラピッパラ夜を歩いています

ハレルヤ、アングラ・サマー・ノイズ

制服の精液のあとを隠すため傘はささない（あしたはみぞれ）

きみではないだれかとどこかでアーリオ・オーリオ子宮蠢くのんびり

かき氷シロップ一気に飲みほしてひろがる甘さを真夏と呼んだ

ねもふぃらとささやけばねむけ鬱病のきみ致死量の愛をおくれよ

ああなりたい（なれない）なって星空のありえない体勢の姦淫

ぼくでなくてもよいぼくでなくてもよい踏みしだかれたオオイヌノフグリ

風葬にするには重すぎ水葬にするには軽い自意識の骨

すばらしきせかい　一息に叫ぶには肺活量がたりないらしく

さみしさをさみしさとして名づけた日メランコリーは紅茶にとかす

じゆう、じゆう、燃えてしまった羽もあり魔法のとけた夜中を歩く

殺人は閏日にする　あいまいな温度の海を閉ざしたまぶた

ぼくはぼく（永遠に）きみはきみ（永遠に）けんけんぱのけんけんけんだけで着く

ライク・アン・アップル・スーサイド

空白にうめるべきであるさみしさもうれしさもなくりんごは馨る

ごみ箱のいっぱいになった明け方は冬型の気圧配置にもちこむ

声　きこえた気がして向かう玄関の靴紐すべて結ばれており

「もし生まれかわったら何になりたい」「二短調のフーガ形式の海」

青色のすべての蝶がとまるから今日よりきみのあだ名は霊園

はなびらを左と右へ裂いていく矛盾の縁語として人間は

いつからここにいつまでここに積み上げるにはは丸すぎる石を手に取る

しゅくさい、と言葉にすればほころんでいく春なのか　川やわらかく

どちらかといえば猫系　はつこいは星冱える草むらのなかで

ぶわっと飲み込まれちゃうマジのぎりぎりにうったさ。み。し。さ。の句点

ぱらいそとぱらのいあの距離しらしらと梅酒にヨーグルトを混ぜていて

ありきたりな青がありきたりであることのかなしさを知れ、とばかりの雨

グッバイ、ジェノサイド・シーズン

恐竜はぜつめつしたから睡蓮が肺に咲いても生きていけるね

ほんとうにうれしい日にはバランスをとるため曇るソフトコンタクト

ビョーキだたぶんぼくはかみさまがみてくれない透透透透明明明明症

何かの結晶になって死にたいといったあなたが降っている小夜

嫌いとは好きである　死んだ者たちよＬＯＶＥ！生きている者たちよＦＵＣＫ！

みんなぼくに死ねっていうよ　とびきりのファッションセンスで屋上へ立つ

おいキティ、お前の白は幻のイレブンカラーだ十人十色の

怒鳴られた日のミルクレープ　月暈が（光りながら、ぼくはこわれた）

ぼくだけの世界樹ぼくだけの球体ぼくだけの病気　きみにはあげない

賽銭の五円を出納帳に書くみたいな息の吸いかたである
ぼくはまあ、ぬいぐるみだからいいとして、きみはシリウスみたくなれるよ
彗星のかけら降りしく終焉に青色の傘をさしたかったのに

III

春の

泉まくら「春に」

抵抗のように膨らむ蕾からこぼれてしまう花だとしたら

花の死を告げる動詞に新しくぼくの名前を加えてあげる

生前の風を遮る窓ですが歌はとおして死後にしてゆく

やがて死ぬさだめの春の昼間にも物干し竿にゆれるパーカー

少しずつ解散してゆく春の雪もバンドもアイドルも季節を駆ける

体重の変化しやすいぼくたちの夜は明ければまた夜だった

雨の降る街は塗り絵で透明を塗り重ねればあなたが浮かぶ

ふくらんだカーテンの裏は非現実の王国　うそつきは筆圧の強い嘘をつく

だってぼくがやらなきゃだれもやらないからこうして充たす水と回廊

春の誤謬　しあわせそうに飛び降りてしあわせそうな早咲きの花

「One for all, All for one!」が口癖の先生いなくなったって富良野で

ははは春はれつしそうに春ふるえもうここまでは見た景色だな

鳥葬

シティポップな雨降ってるよ嵌め殺し窓の向こうを翳す雲から

静止する水にむかってぼくたちの地球は上昇しない　雨は降る

雨を消す火がほしいんだ　鼻唄は鼻唄のまま忘られていく

鳥葬の野辺のあなたの肋骨にくちづけをする　これが風ですか
花みたい、それはやさしい揶揄でしたいいよ花ならお墓に似合う
にせものの詩人の手にも雪は降りみんなみんなほんもののにせもの

校庭が光庭だったらよかったなぼくらひかりのなかをかけっこ

コラージュの思想のさなかに踊りだせ火、火、炎、火の死後の風

それが夏だ　間違うよりも不確かな手段でひまわり、ひまわりと呼ぶ

光、刺す、少女

ひかりさす／光射す
どこか遠くからやってくる光に、照らされる
うずくまってただ陽だまりを待つ
あたたかさはうれしい
でもそれは枢だ
わたしはわたしをナイフにする
光に傷ついてもいい、光に傷がつかなくてもいい
アンチ無痛の二十一世紀
だからわたしは、それでも光を刺す

映画『二十一世紀の女の子たち』へ寄せて

ひかるほしいいな　わたしの膵臓の字が気に入らんから水臓にする

愛ならば奪えよ、モニカ、沙耶、美雪　生きたいのなら空に火を放て

花籠にあふれてしまう花でいいゆれたくてゆれるぶれたくてぶれる

つこ　って何　生きあいっこするわたしたち朝から氷くちうつしてく

少女もつ獣性しかも恐れないありとある火も人もひかりも

めるめる鳴く鳥殺そうよてのひらで浅葱の朝のしたたる校舎の

あなたには立ち入らせない祠には風の残り音を飼っている

ペンギン　の　解体　動画　手　を　つなぐ　ふたり　は　鑑賞　する　屋上　で

花に薫り　人にはねむり　あざなえる痣のふたつのあなたと過ごす

みなそこのまにえりすむ、ゆがむまりあ、わたしを拾えば花の名になる

春と修羅　春ねむりへの

春ねむり「kick in the world」
こわされるせかいだったらいらないいな見えないい心臓にもＢＰＭ
生きるとか死ぬとかわたしはひとすじの音としてここにかみなりを描く

春ねむり「ロックンロールは死なない」
あなたにはあなたの宇宙その風はあなたを生き延ばすから　見つけて

あらゆる以前の叫びをあげて　ひかり、ひかり、こなごなのひかり灼く車窓から

鳴りやまない火とはつまりあなただったすでに恒星だったあなただった

かわることこわいよ　あんがい、かわらないよ　中央線遅延のお知らせ

春ねむり「鳴らして」

Love/Hate　ART - SCHOOLへの

ダウナーな天使ほほえむほほえんで方舟つくるぼくをみている
ART - SCHOOL「ダウナー」

燃える少女　ソフトマシーンが終わらせた世界のきみはかわいいままだ
ART - SCHOOL「ロリータキルズミー」

ぼくを殺して　海をまだ見ぬ少女ニーナ、知らないことはとてもきれいだ
ART - SCHOOL「ニーナのために」

TOHOシネマズ新宿

ぐるぐるのポップコーンはぼろぼろにこぼれてはじめて愛されていく

透明なひとりとひとりになってゆく間引きの席は光を通す

今日きみの出会うすべての看板にこわい目の人のいませんように

煤と緑青

やらはる、と春をもつ声はるばると京の桜の木屋町をゆく

生きるってなんすか秋の雷の二度だけ鳴ってあとは鳴らない

街路樹もロープのように電線をつかみたすけてたすけてほしいね

null null null null null null null はねかえる雨もあることほんの豪雨の

それは思想ですか、と問われ森閑と閉ざされてゆく図書館のある

今日も明日も続いていきますロイコクロリディウムぼくを狂わせてくれ

生活は行けないＴＳＵＴＡＹＡの増えること赤ちゃんみたく捨てられた街

ママぼくだよ　なんまいたんぽぽ千切ったらぼくの名前を忘れてくれる

アビィ・ロード風に歩けば鴨川も永遠風の横断歩道

もう二度とやってこない平成の夏、好きに生きて好きに死のうな

句点の花（A面）

宇宙的視点に立てば銃弾もすべての句点も花に見えるよ

さやさやとなずなはつかに脈動し空は真青な総譜いまでも

彗星のしっぽにふれる夢を見た　路上にひらいたままの手袋

ぼくだけのぼくじゃないんだマグノリア空間すこし灯りはじめる

歌いたい歌もうないよ液化した鍵盤のしたねむる金糸雀

あるいはあなたの暗喩に濡れてもいい雨の蓮の羽虫動かずなりぬ

ぜんぶゆめ　ならよかったのにU・F・Oなんどもよんだひかろうとした
みみ、みもざ、みもれっと、もうだいじょうぶかなりダサめなウィークエンドも
ぼくたちは忘れたくない凪、渚、風車ではない心臓もって

日々の泡　やがて光の発狂をオアシスと呼ぶそこまではゆく
お砂糖とスパイスですがおとこのこぼくおとこのこですこしかなしい
星群は錠剤　よかったシートから押し出せなくてひかりすぎるよ

アリス　お茶もういいよ　アリス　泣かないで　薇ほどけば春がおわるよ

読みさしの黙示録から風　これは燃えるスカートのいのちの羽風

夏フェスの午後からずっと鳴っている全休符の降る日までは生きる

アメスピで長めにさぼるぼくたちの髑髏くろぐろグランジに咲む

彫刻刀どこにしまったっけ母さんの影のささがきほしかったのに

魚群には水族館をあげましょうきみには海さえいらないでしょう

天使にも匂いはあるか通過するしずけさに鼻、さしだしている

くずかごに仏炎苞と免罪符　あなたはつつまれねむるのでしょう

土色の音楽

ふるさとの訛なつかし葬儀場のビールに酔えばささらほうさら

百日紅絡みつく枝かきわけてでつけえ洞よりあらはれよ夕景

一本の蠟燭の灯か高野槇おまへに透けてる空は碧いな

ああみんなねむれずにいてどろみずのあふれる淵の花壇、雨ざらし

不穏の火、死後ほのかなる躰から冬虫夏草はもゆる気配を

買つてきたオレオの上下を天国と地獄にわけるやうなさいはひ

接続と切断　砂の城郭を貫通する手のぬくもりのある

パリは燃えているか　いや青は底抜けてミサイル弾道空の自傷痕

角瓶は昏きみづうみ彼岸より葛原妙子ほほゑみてをり

子宮もつ第三惑星店子われとろるるるるっと黄身崩しゆく

山の端を白馬は駆ける足音もいなきもなく臨死の朝を

昼勤を拒むわれらのおなかからブラックニッカの琥珀が採れる

死にたいと生きたいの「たい」に俺はいて幻想即興曲は下降する

夜歩く突如突き刺さる矢尻尖端心臓したたらずしたたらず

神木がわれにもあれば凭れかかり薄暮の街に自身を焚べる

寝るだけの家に帰れる師走には魚の風鈴やけに匂いやがる

虚空ばかり満つる住居のつまようじを掃除機で吸い虚空を守る

くそぼけた原色の街は暮れゆきて海苔巻き煎餅ひとつもない盆

運休の連絡もなく無人駅『トニオ・クレーゲル』は風に吹かれて

土色の音楽やるだ？　信州は交響曲第五番「運命」

アンチアパテイア

団栗の降る映画から逃げ出してよくねむるためコンビニへ行く

慈雨慈雨と時間の焼ける音がする最後に小説読んだのいつよ

本日も命からがら（貝殻の空のいのちをそういうらしい）

しあわせを描けばそうとみなされる漫画を伏せて息継ぎの夜

太陽は濁音で鳴くだからこそ対義語としてひぐらしの声

両親はいのいちばんにころすものらしくセロリをぽきぽき手折る

怨念がおんねんそれはべらぼうな夏の終わりの間近の井戸に

夜にならないとうごけないぼくたちのこの夜だけの青サイリウム

雨だって上から下に落ちていくきみのしたことみんな知ってる

甘い火を熾すよう目をとざしあうあなたとぼくのやさしい自殺

あたらしく言語作るのなら愛と火は必ず氵をともなわす

みんな傘をもってるときだけもってない気がするぼくの顔って嫌い

この長い髪の毛誰の、ってぼくのだししかもどうやら去年のだなこれは

死ね馬鹿と声をかけつづけたほうのぼくはすっかり目玉に覆われている

なりたいよだじゃれに殺られるゴーレムに　美し、土筆、櫛、それから死

双極性の犬わんわん

ぼくたちのグッドメモリアれない夏ビールの新味やっぱりまずい

ほらきみも感傷の淵に佇んでみているんだろう水馬の死

たのむから嫌わないで、と夕されば地図から失われてゆく廃村

しんにょうを川の流れになぞらえてここ、このあたりで桃を見捨てた

ぼくは今日死ぬんだろう、と椅子の椅子らしくないところに殴られる

こんばんは死に損ないの犬ですが火といや火になるものもってます

ずっとだよ、なにがずっとか忘れたけど花の燃えかす踏んで朝焼け

特売の牡蠣のあたりで抱きしめたい、抱きしめたい、の峯田和伸

銀杏BOYZ「骨」

生きるって死ぬこと　本は燃えるからいいな文字まで灰になる降る

桜えびの黒い両目は奥歯から前歯の裏をじっと見ている

何しても遅咲きという年齢の脇役の中ではましな脇役

行方不明　とがった朝の石くれが好きだよ好きだったんだよたしか

重力のある星だもん貫目氷　ちきん、と涼しい罵倒を鳴らす

Don't trust over thirty　日本にも人にもソニー・タイマーひそむ

死ぬべきの人間全員死ぬ日まで黒く塗りつづけるガレオン船

器官なき身体

春キャベツ惨殺死体にしていけばばかばかしくてかなしいちから

ゆーんゆんみんななかよくしたいのにだめでやっぱり遮光式土偶

結婚はしたくないけどウエディングドレスは着たい、みたいなオムレツ

雨の日の頭はうにになっている雨に波打つ生きたうにだよ

教室でずぼんおろされめるちゃんはそれはしずかな雛罌粟でした

ち、よ、こ、れ、い、と。一段飛ばしのずるをする溶けない翼で太陽へ行く

ほんとうは花の名前も知らなくてググれば花一匁に売れ残る

ピアッサーばちんと爆ぜてそこからの雨漏りの可能性を閉ざした

Tik Tok みたく視界の早送りきみの言葉を盗んだままで

付箋とかはらない主義だ no longer a girl もはやはなびらでない

A Brighter Summer Day

うたう↓ねむる↓敵を倒す　のプリンなら全員星にしちゃってるのに

ポポにはナナがいなくちゃ　びょーん　って飛べないよ手から粉雪でちゃってだめだ

ルイージの横Bの体勢のままぼくの背中にぼくが刺さった

自傷して感電をして生き残るネスみたいだねパン屋へ行こう

アキネーターに朝の光を答えさせ「実在する？」で迷った

初音ミクの残骸の降るゴルゴタを忘れないでね　三人称で愛

川として生きていくから飛び込んでたまに呼吸の仕方を忘れて

Cメロへたどりつかないまま朝の耳の時間を絡むイヤホン

俺といい我といい僕というときのミミクリミミクリ《魔法の言葉》私を消して

キスシーン見ている彼氏の気持ちならそこになければなさそうですね

-ラブ山椒魚編-

これからはチュートリアルな愛をするU-フレットにある曲だけ弾いて

ただきみのいない小春の陰樹林アイプチ芋虫みたく並んで

気がつけばで、で、出ぇ前館ぼくたちはついに永遠のつもりだった

WiFiは勝手につながるいつまでも許されているつもりのまひるま

蟷螂が蟷螂を食う何度でもあなたを光に浴びせてしまう

アゴだしとおんなじ場所にしまわれた薬の束がときどき跳ねる

自殺幇助してってしずかな街にあるしずかな朝がいつでもほしい

灰皿にジャングルジムができていくわかりあえない渋谷の昼に

真っ白な美術館になり人類を網膜ごとまっしろにしたいよ

きっと子をなせないぼくの八畳が毎夜毎晩ひっくりかえる

画用紙に光を描けばぎざぎざのこれが光でのがれられない

薬みたいな名前のアイスで通じ合うあれからあんまりあわなくなった

かんたんに死にたくなくなるひとといるぼくのやっぱりどくだみ畑

けいおん‼のカップはわれて喉仏・坐骨あたりが散らばっている

たまごっちすぐ死なすきみはかわいいなお墓の幽霊ぼくみたいだな

しあわせになっちゃいけない気がしてる脱臼気味の秋のまんなか

アニソンの知ってる曲がかぶるたび夜がやたらに長かったんだ

ぼくたちに性欲なんていらないね拡声器のない夜と夜との

朝ぼらけあなたの顔を忘れてく明日あなたは神話にされる

新宿へ着くまで何度死にたいと思っても着く小田急線は

解説　快楽のスピード

藤原龍一郎

上篠翔の短歌のいちばんの特徴はスピード感ということではないだろうか。いや、より正確に表現するなら、スピード感の「感」という漢字は削除してしまって、「スピード」そのものが特徴なのだと言ってよいように思う。スピード感の感じられる歌ならば、たとえば、平井弘や村木道彦の歌にはそれがあるだろう。安永蕗子の歌にもスピード感がある。私自身が短歌つくる際においても、私はスピード感のある文体を常に心がけている。

そして、もちろんスピード感とスピードとはちがう。スピード感はスタイルであり、スピードは本質である。

ゆくゆくはきみもこどもをうめただろうべいべべべいべー炎を飲むかい？
ばけもののほうではなくてサバンナにいるほう　ってあれもばけもの

冒頭のきりんの一連からの二首。

一首目は相聞歌と読んで良いのだろう。上の句の「ゆくゆくは」と「うめただろう」という意図的な時制の混乱。「産めただろう」と「埋めただろう」のダブルミーニング。いきなり、一筋縄では行かないところへ下の句の「べいべべべいべー」なる発音そのままのひらがな表記。そして着地が「炎を飲むかい？」というシュールな問いかけ。読んでいて、小気味よいテンポに身をゆだねることができる。

二首目は麒麟とキリンの見分け方か。麒麟麦酒の麒麟は空想上の存在だから、化け物といえば確かにそうかもしれない。サバンナにいるのは哺乳綱偶蹄目のキリンだが、これもまた、形状からだけ言えば化け物といわれてもしかたがないかも。仮にキリンが実在していなくて、四つ足で首だけが異様に長いけだものという口承だけが伝わっていたら、化け物という認識になってしまうだろう。いわば、ろくろ首の馬である。まだるっこしく書いてしまったが、そういうゴチャつきを簡潔に短歌で表現しえている。

この二首に個性としてのスピードを感じないだろうか？

クーリッシュしか売ってないコンビニの日陰のひかりに感電してた
首筋に花のタトゥーのある人の本来なるはずだった花影

「夏の魔物編」と題された一連からの二首。

クーリッシュの一首の内包する詩的違和感のボルテージは高い。上の句は異様な設定であり、そのまま下の句に流れ込むと、さらなる異様さが待っている。日陰のひかりというものは確かにある。しかし、それに感電する主体！　このよじれ方には快感がある。

首筋の花のタトゥーの歌は、その人の本質は実は花影だったという意外過ぎる展開。並の想像力であれば、ここは花の種類を入れてしまうところ。それを「花影」が本体だったと詠って見せる感覚は、「日陰のひかりに感電」と同じベクトルのものに思える。つまりは、それがこの歌人の表現の特性ということである。

もちろん、意外でありさえすれば、自動筆記的に何を書き連ねてもよいということではない。短歌は韻文なのであり、文語で書かれていようと口語で書かれていようと、日常に浮遊する言葉のレベルとは異なり、韻文としての品格を備えていることが必須。「べいべべべいべー」はきわめて強烈な口語としての品格を巻き散らしているではないか。

ミラクルな魔法少女になる杖は新百合ヶ丘のＫＡＬＤＩにある
ずいぶんと長いあとがき読み終えて登戸にまだ留まっている
寝ていても新宿まではたどり着くそこから先は歩けば動く

ＯＤＱ編からの三首。ちなみにＯＤＱは、小田急のことだそうである。確かに歌に出てくる新百合ヶ丘も登戸も新宿も小田急電鉄の駅名である。

一連をＯＤＱ編と名づけるセンスもいいなと思うし、具体的に歌に登場している三つの駅の名前も、いかにもＯＤＱの秘孔を突いている。新百合ヶ丘のＫＡＬＤＩではいかにも魔法の杖を売っていそうだ。電車の中で誰かの本の長いあとがきをようやく読み終わったのに、電車はまだ登戸駅に停まっていた。登戸は急行の通過待ちの時間調整の停車駅なのだろう。この歌の結句の「留まっている」が情けなくてよい。三首目は自分の家の最寄駅から新宿へ出る時の歌。終点駅の新宿には寝ていても到着するし、新宿で降りたなら、後は左右の足を互い違いに出して行けば身体は自然に動いていく。あたりまえではあるが、コロンブスの卵的な気づきもある。生きた口語のただごと歌といってよいだろうか。

ぶわっと飲み込まれちゃうマジのぎりぎりにうったさ。み。し。さ。の句点

ありきたりな青がありきたりであることのかなしさを知れ、とばかりの雨

第Ⅱ部の「ライク・アン・アップル・スーサイド」からの二首。タイトルもなかなかトリッキ

ーではある。

内容的には青春歌なのだと思う。どちらの歌も、五七五七七の短歌定型からあふれだしている。それでいながら、一読してこれは短歌だと実感できる。言葉はあふれていながらも、短歌だと実感できるのは、どちらの作品にも着地点にきちんとした韻律がある。「さ。み。し。さ。の句点」と「かなしさを知れ、とばかりの雨」と音読してみれば、心地よく短歌として収束してくれる。技巧的な部分は、もちろん評価すべきであるが、前掲の二首にはかすかながら、たとえば、穂村弘の『手紙魔まみ、夏の引越し（ウサギ連れ）』等の先行作品の影が感じられなくもない。しかし、それは恥ずかしいことではなく、原点はそのあたりにあるという存在証明であろう。

甘い火を熾すよう目をとざしあうあなたとぼくのやさしい自殺
みんな傘をもってるときだけもってない気がするぼくの顔って嫌い
この長い髪の毛誰の、ってぼくのだししかもどうやら去年のだなこれは

第Ⅲ章の「アンチアパテイア」から、三首引いた。どれも捨てがたい作品だ。これもまた、凝ったというかひねくれた題名ではある。

どの歌にも、不安定な精神の陰翳が揺曳している。一首目はせつない恋歌だ。発想のきっかけ

に穂村弘の「呼吸する色の不思議を見ていたら「火よ」と貴方は教えてくれる」があるのかもしれないが、上篠翔の歌の方が自閉感覚がずっと強い。その内向きのベクトルもこの歌人の特徴ではないか。二首目のいじめられっ子的な自虐感や三首目のフェティッシュな感覚は息苦しい感じさえする。はじめに上篠翔の歌の本質をスピードだと言ったが、そのスピードの核には、こういうナイーブで鋭い感性が息づいているのだ。第Ⅲ部の作品の大半は、この軋みと痛みを感じさせる。それは息苦しいほどである。

あらためて、この歌集のタイトルが『エモーショナルきりん大全』であることに立ち還る。エモーショナルなきりんとは作者の自己認識といえるだろう。その現時点での大全がこの一巻の歌集ということだ。感性は過剰にエモーショナルでありつつ、言葉にはスピードがこもる。このせめぎあいが歌の根拠になっている。歌集を冒頭から読み進めば、読者にもこの感覚は伝わってくる。そして、最後の一首に出会う時、心は解放されるのかどうか？

新宿へ着くまで何度死にたいと思っても着く小田急線は

あとがき

短歌にするってことは、短歌にされたものから真理のような、心臓のような、リズムのような、決定的な何かを奪うことだと思う。同じく、他者を神聖視することもまた、その他者を聖堂に監禁して、ほとんど殺してしまうことに他ならない。きみやあなたから、都合よくその一部を掠め取り、自分がきれいだと思うような形に作り替える。そういう口封じの暴力をふるうことの痛みがいつでもある。そして、それを暴力と思うこともまたひとつの解釈であり、暴力である。こういうどこまでも続くフラクタル図形のような暴力行為を、ぼくはいつまでも続けている。だけど、それでもぼくは短歌を作ってしまう。孫引きだけど、ロラン・バルトの『明るい部屋』の中に、ヴァレリーの文章が引用されていた。「ただ自分だけのために、母を偲ぶささやかな本を書こう」。ぼくもそうだ。ただ自分だけのために。

ここまで書いたところで、誰かが窓を叩いた。歯茎を剥き出しにして不気味な笑みを浮かべたそれは、一目見ただけで幽霊であるとわかった。顔のほぼ半分を占める口を人間のあるべき大きさに修正して考えてみると、それがどうやらきみ、あるいはあなたである、ということが途端に了解された。もう人間ではない、うめき声のような呪詛を幽霊は口にする。だからぼくは幽霊が少しでも楽になるように、花瓶に青い花を挿して、水をやる。心做しか安らいだ気持ちになって、もう一度よく観察してみたらその窓は窓ではなく燻んだ鏡で、本当にそこにいたのは幽霊でもきみでもあなたでもなく青白い顔のぼくだったこと、そして、その呪いの声の正体に気づくのはもっとあとであった。それはこんな言葉だった。「好きでした、好きでした、好きでした、好きでした」

監修の藤原龍一郎さん、装画のぎどれさん、書肆侃侃房の皆様、おしまいを生きるインターネットのみなさんに、最大級のありがとうを捧げます。

上篠　翔

二〇二一年八月十五日　百合ヶ丘にて

■著者略歴

上篠 翔（かみしの・かける）

玲瓏所属。粘菌歌会主催。2018年「エモーショナルきりん大全」で第二回石井僚一賞を受賞。インターネットをやっています。

Twitter：@KamisinOkkk
メール：msb9.xx12@gmail.com

「新鋭短歌シリーズ」ホームページ　http://www.shintanka.com/shin-ei/

新鋭短歌シリーズ56
エモーショナルきりん大全

二〇二一年十月六日　第一刷発行
二〇二一年十二月四日　第二刷発行

著者　上篠 翔
発行者　田島安江
発行所　株式会社 書肆侃侃房（しょしかんかんぼう）
〒八一〇・〇〇四一
福岡市中央区大名二・八・十八・五〇一
TEL：〇九二・七三五・二八〇二
FAX：〇九二・七三五・二七九二
http://www.kankanbou.com　info@kankanbou.com

監修　藤原龍一郎
装画　ぎどれ
装丁　藤田 瞳
DTP　黒木留実
印刷・製本　株式会社西日本新聞印刷

ISBN978-4-86385-489-5　C0092